Manfred Mai

Leselöwen
Fußballgeschichten

Zeichnungen von Erhard Dietl

Loewe

Der Umwelt zuliebe ist dieses Buch
auf chlorfrei gebleichtem Papier gedruckt.

ISBN 3-7855-3043-9 – 16. Auflage 2004

Umschlagillustration: Erhard Dietl
Reihenlogo: Angelika Stubner
Gesamtherstellung: sachsendruck GmbH, Plauen
Printed in Germany

www.loewe-verlag.de

Inhalt

Vor der Kiste

Heute spielt Deutschland gegen Italien. Und wie immer, wenn ein Fußballspiel im Fernsehen übertragen wird, sitzt Kevins Papa vor der Kiste. Manchmal sitzt auch Kevin neben ihm und schaut eine Weile zu. Aber wenn Kevin im Fernsehen Fußball sieht, bekommt er immer große Lust, selbst zu spielen.

„Papa, spielst du mit mir im Garten Fußball?", fragt er.

Papa hört nichts, weil die deutsche Mannschaft gerade einen Angriff startet. „Spiel ab!", ruft Papa. „Nun spiel doch endlich ab!"

Doch Sebastian Deisler hört nicht auf Papa. Er dribbelt weiter – und verliert den Ball.

„Ja, ist es denn zu fassen?", poltert Papa. „Verliert diese Flasche den Ball, wo zwei Mann sich herrlich freigelaufen haben. Hast du das gesehen?"

Kevin schüttelt den Kopf und wiederholt seine Frage.

„Ja, ja“, antwortet Papa, obwohl er gar nicht zugehört hat.

Kevin wartet darauf, dass Papa aufsteht. Aber der muss jetzt mithelfen, einen italienischen Angriff zu stoppen. „Geh ran! Ja, gut so. Außen decken! Nicht flanken lassen!“

Trotz Papas Anweisungen trickst der italienische Linksaußen den deutschen Abwehrspieler aus und zieht eine schöne Flanke vor das deutsche Tor. Papa reckt den Hals, als wolle er den Ball wegköpfen. Zum Glück springt Michael Ballack höher und verhindert so ein Tor. Papa fällt in den Sessel zurück, zündet sich nervös eine Zigarette an und trinkt einen großen Schluck Bier.

Kevin zieht seinen Papa am Hemd. „Du sollst mit mir Fußball spielen.“

„Jetzt doch nicht, wo es gerade so spannend ist“, sagt Papa. Er lässt den Bildschirm nicht aus den Augen und gibt schon wieder seine Anweisungen. „Angreifen! Los, schneller! Ja, richtig.

Links steht einer frei. Abspielen! Na also, es geht doch.“ Papa ist zufrieden.

Erst als Deisler den Ball erhält, meckert Papa: „Der spielt natürlich wieder nicht ab. Abspielen!“

Deisler denkt nicht daran. Er umdribbelt zwei, drei Italiener.

„Du sollst abspielen!“, ruft Papa.

Plötzlich schlägt Deisler einen Haken wie ein Hase und schießt. Der italienische Torwart fliegt in die Ecke, kann den Ball jedoch nicht halten.

Papa springt aus dem Sessel hoch. „Tor! Tor! Tor!“, jubelt er und umarmt seinen

Sohn. „Hast du gesehen, wie der Deisler dribbeln kann? Wie ein Brasilianer!"

Bevor Kevin etwas sagen kann, guckt Papa schon wieder zum Bildschirm. Kevin spielt mit seinem Ball. Er lässt ihn ein paarmal auf der Fußspitze tanzen, von dort aufs Knie und wieder auf die Fußspitze. „Papa, guck mal!"

Papa dreht kurz den Kopf. „Mach keinen Unsinn."

Kevin wartet bis zum Schlusspfiff. Dann fragt er: „Spielst du jetzt endlich mit mir?"

Papa hängt in seinem Sessel, alle viere weit von sich gestreckt.

„Später vielleicht", sagt er. „Ich bin total erledigt. Ich brauche jetzt erst mal meine Ruhe."

Das Traumpaar

Gökhan und Michael sind dicke Freunde. In der Schule sitzen sie nebeneinander. Die Nachmittage verbringen sie meistens miteinander. Und beide sind verrückt auf Fußball. Sie spielen in der D-Jugend von

Borussia Dortmund und gelten als Traumpaar. Gökhan spielt im Mittelfeld, verteilt die Bälle und bereitet viele Tore vor. Michael kann zwar lange nicht so gut mit dem Ball umgehen wie Gökhan, aber er hat einen tollen Torriecher.

Eines Nachmittags kommt Gökhan mit verheultem Gesicht zum Fußballplatz.

„Was ist denn los?“, fragt Michael.
Gökhan setzt sich wortlos auf den Rasen.
„Nun sag schon!“
„Ich darf nicht mehr bei Borussia spielen“, murmelt Gökhan.
Michael glaubt, nicht richtig gehört zu haben. „Was hast du gesagt?“
„Ich darf nicht mehr bei Borussia spielen!“, schreit Gökhan und heult wieder.
Michael starrt seinen Freund fassungslos an. Ein paar andere Jungen kommen und wollen wissen, was passiert ist.
„Wieso darfst du nicht mehr bei Borussia spielen?“, fragt Michael. „Wer sagt denn das?“
„Mein Vater“, antwortet Gökhan. „Sie haben einen türkischen Fußballclub gegründet, und jetzt müssen alle türkischen Jungen in diesem Club spielen.“
„Ahmet und Dardan auch?“, fragt einer der Jungen.
„Alle“, wiederholt Gökhan.
„Das geht doch nicht!“, ruft einer. „Die können unsere Mannschaft doch nicht

Du spielst nur noch bei uns Türken!

Du spielst nicht bei
den Kümmeltürken!

einfach auseinander reißen. Ohne euch steigen wir ab."

„Das ist meinem Vater egal", meint Gökhan. „Der will, dass Türken nur noch in türkischen Mannschaften spielen."

Die Jungen stehen ziemlich ratlos herum.

„Und was machst du jetzt?", erkundigt sich einer.

Gökhan zuckt mit den Schultern. „Wenn mein Vater sagt, ich muss in der türkischen Mannschaft spielen, dann muss ich."

Am Abend fragt Michael seine Eltern, ob er mit Gökhan in der türkischen Jugend-mannschaft spielen darf.

„Kommt nicht infrage", antwortet sein Vater.

„Warum denn nicht?"

„Mein Sohn spielt doch nicht bei den Kümmeltürken!"

„Gökhan ist kein Kümmeltürke", wehrt sich Michael. „Er ist mein bester Freund."

„Schlimm genug, dass du solche Freunde hast", meckert der Vater.

„Gökhan ist ein netter Junge", mischt sich

jetzt die Mutter ein. „Netter als viele deutsche Jungen."

Der Vater brummelt etwas vor sich hin. Dann sagt er zu Michael: „Du spielst jedenfalls nicht in einer Türkenmannschaft. Damit das klar ist!"

„Aber mein Freund bleibt Gökhan trotzdem!" Damit das klar ist, hätte Michael am liebsten noch hinzugefügt, behält den Satz jedoch vorsichtshalber für sich.

Am nächsten Morgen holt Michael seinen Freund ab und erzählt ihm alles.

„Warum muss es überhaupt deutsche und türkische Mannschaften geben?", fragt Gökhan. „Jeder soll doch spielen, mit wem er möchte."

„Genau", stimmt Michael ihm zu. Er boxt Gökhan leicht auf den Arm. „Wir spielen wieder zusammen in einer Mannschaft, das versprech ich dir."

Gökhan nickt. „Spätestens bei Borussia in der Bundesliga." Er zwinkert. „Als das Dortmunder Traumpaar Gökhan und Michael."

Im Olympiastadion

Die D-Jugend des FC Mühldorf wurde ungeschlagen Kreismeister. Als Belohnung darf die Mannschaft mit ihrem Trainer und dem Jugendleiter zum Bundesligaspiel Bayern München gegen Werder Bremen nach München fahren.

Schon während der Fahrt sind die Jungen in ausgelassener Stimmung. Einige schwenken ihre Bayernfähnchen, andere haben rot-weiße Schals um den Hals und rot-weiße Mützen auf. Wie richtige Bayernfans.

Vor dem Olympiastadion reißen die Jungen Mund und Augen auf.

„Das ist ja riesig!"

„Deswegen müssen wir auch alle beisammen bleiben, damit wir keinen verlieren", sagt der Jugendleiter.

„Ich war mit meinem Papa schon mal hier", ruft Stefan. „Ich kenn mich aus."

Drinnen staunen die Jungen noch mehr als draußen. Bis auf Stefan kennen alle das Stadion ja nur aus dem Fernsehen. Und die meisten sind erst mal sprachlos.

„Hier möchte ich mal spielen", murmelt Basti.

„Vor so vielen Leuten?", staunt Lukas. „Da würde ich vor lauter Aufregung keinen Ball treffen."

„Im Fernsehen sieht das immer viel kleiner aus", meint Sven.

„Tja, im Fernsehen sieht man eben nicht, wie etwas wirklich ist", sagt der Jugendleiter.

„Und wie finden wir hier unsere Plätze?", möchte Sven wissen.

„Das zeige ich euch jetzt", antwortet der Jugendleiter und geht voraus. „Wir sitzen in Block L, Reihe 59."

Als sie ihre Plätze endlich gefunden haben, schreit Basti: „Stefan ist weg!"

„Das darf nicht wahr sein!" Der Jugendleiter rauft sich die Haare. „Immer dieser Stefan!"

Er und der Trainer machen sich sofort auf die Suche. Aber bei so vielen Leuten wäre es schon ein Wunder, wenn sie ihn finden würden. Deswegen gehen sie zum Haupteingang und lassen seinen Namen über Lautsprecher ausrufen. Es dauert nicht lange, da kommt ein junger Mann mit

Stefan im Schlepptau. Er sieht ganz verheult aus.

„Wenn du noch einmal …"

„Das bringt doch nichts", unterbricht der Trainer den Jugendleiter. „Hauptsache, Stefan ist wieder da."

„Wir sprechen uns noch", schimpft der Jugendleiter. Doch weil das Spiel schon angefangen hat, verschiebt er das Gespräch auf später.

Stefan trottet hinter dem Jugendleiter her.

„Wo warst du denn?", fragt Basti.

„Nirgends", sagt Stefan nur.

Die Jungen interessieren sich jetzt mehr für das Spiel als für Stefan.

„Die Spieler sind ja so klein", meckert Julian. „Ich kann sie kaum erkennen."

„Warum sitzen wir denn so weit weg?", nörgelt Mirko.

„Weil wir keine besseren Plätze bekommen haben!", antwortet der Jugendleiter gereizt.

„Im Fernsehen sieht man alles viel besser", meint Julian. „Und Zeitlupe gibt es hier auch nicht."

F.C. BAYE
MÜNCH

„Wir können ja wieder gehen, wenn euch nichts passt!“, brummt der Jugendleiter.

„Nein!“, rufen die Jungen.

Sven stößt Julian in die Seite. „Halt jetzt die Klappe!“

Julian nuschelt noch etwas vor sich hin. Dann schaut er dem Spiel zu wie alle andern. Die Fans in der Kurve fangen mit Sprechchören an. Immer mehr Zuschauer stimmen ein. Auch die Jungen aus Mühldorf. Und als München mit 1:0 in Führung geht, springen alle Bayernfans hoch.

„Tor!“, brüllt es aus zigtausend Kehlen.

Mittendrin sind die Jungen aus Mühldorf, und einigen läuft es in diesem Augenblick kalt über den Rücken.

Der richtige Sport

Am Samstagnachmittag macht Saskia mit ihren Eltern einen Spaziergang. Auf dem Rückweg sagt der Vater: „Jetzt freue ich mich richtig auf einen guten Kaffee und ein Stück Apfelkuchen."

Die Mutter nickt. „Ich auch."

Als sie am Sportplatz vorbeikommen, bleibt Saskia stehen und schaut durch den Zaun.

„Saskia! Wo bleibst du denn?“, ruft die Mutter.

Saskia sieht, wie ein Junge ein Tor schießt. Seine Mitspieler stürmen auf ihn los und erdrücken ihn fast vor Freude.

Da ruft die Mutter noch einmal: „Saskia, nun komm schon!“

Saskia trottet hinter ihren Eltern her und schaut dabei immer wieder durch den Zaun aufs Spielfeld.

Zu Hause nimmt Saskia ihren Ball, kickt ihn gegen die Garage und stoppt ihn. Dann versucht sie, den Ball auf dem Fuß tanzen zu lassen. Beim dritten Mal klappt es schon ganz gut.

„Was machst du denn?“, fragt die Mutter zum Fenster heraus.

Saskia antwortet nicht.

„Komm lieber herein und spiel ein wenig Klavier.“

„Ich will nicht Klavier spielen“, mault Saskia und schießt den Ball hoch in die Luft. „Ich will lieber Fußball spielen!“

„Aber Saskia“, erwidert die Mutter und

schüttelt vorwurfsvoll den Kopf. „Komm jetzt bitte rein, es gibt Kakao und Kuchen.“

Saskia lässt die Tür ziemlich laut ins Schloss fallen und stapft wie ein Zweizentnermann ins Esszimmer.

Die Mutter hat schon wieder ihr Vorwurfsgesicht aufgesetzt. „Du benimmst dich wirklich unmöglich! So geht ein Mädchen nicht! So gehen nur … nur … Mädchen jedenfalls nicht.“

Saskia stellt sich auf die Zehenspitzen und tänzelt zu ihrem Stuhl. „Soll ich vielleicht so gehen?“

„Jetzt reicht's!“, schimpft der Vater laut. „Setz dich anständig hin!“

„Das kommt alles nur von dem blöden Fußballtick“, meint die Mutter.

„Das ist kein Tick“, wehrt sich Saskia. „Mir gefällt Fußball eben. Was ist denn daran so schlimm?“

„Jetzt hör mir bitte mal gut zu“, beginnt die Mutter. „Fußball ist ein wilder und grober Sport …“

„Gar nicht wahr!“, widerspricht Saskia sofort.

„Würdest du mich bitte ausreden lassen“, sagt die Mutter. „Selbst wenn wir einen Sohn hätten, wollten Papa und ich nicht, dass er Fußball spielt. Und für dich ist Fußball erst recht nicht der richtige Sport.“

„Doch!“

Kaffee und Kakao werden langsam kalt. Trotzdem reden Saskias Eltern immer weiter.

„Mama und ich haben uns etwas überlegt“, sagt jetzt der Vater.

„Wenn du unbedingt Sport treiben willst, dann kannst du doch zum Turnen gehen. Ich habe mich schon erkundigt. Im Turnverein gibt es eine Gruppe mit lauter Kindern in deinem Alter. Und die machen auch viele Ballspiele.“

„Aber nicht Fußball“, brummt Saskia.

Die Mutter verdreht die Augen und

seufzt. „Als ich in deinem Alter war, wollte ich unbedingt ins Ballett …"

„Aber ich will nicht ins Ballett!"

„Klavier und Ballett würden sich sehr schön ergänzen", meint die Mutter.

„Mir egal", sagt Saskia. „Ich will auch nicht mehr Klavier spielen. Ich will lieber Gitarre spielen."

„Gitarre?"

Saskia rührt in ihrem Kakao. „Gitarre und Fußball würden sich sehr schön ergänzen."

„Saskia!" Der Vater hat Mühe, einigermaßen ruhig zu bleiben. „Ich glaube, es ist besser, wir reden ein andermal weiter."

Schweigend trinken die Eltern ihren lauwarmen Kaffee. Das haben sie nun davon.

Das Entscheidungsspiel

Marc ist der beste Fußballer in der Schülermannschaft des FV Ebingen. Sein Trainer sagt, er sei ein großes Talent. Niemand zweifelt daran, am wenigsten Marc selbst. Und so spielt er auch. Mehr für sich als für die Mannschaft. Seine Mitspieler sind für Marc nur dazu da, ihm die Bälle schön zuzuspielen, damit er dann glänzen kann.

Heute will Marc sich besonders anstrengen, denn heute ist ein wichtiges Spiel für ihn. Gegen den FC Hechingen geht es um den Bezirksmeistertitel. Und

kurz vor dem Anpfiff erfahren die Jungen, dass ein Trainer des Württembergischen Fußballverbandes unter den Zuschauern ist. Der sucht Spieler für die württembergische Auswahlmannschaft. Deshalb sind alle furchtbar nervös.

„Beide Mannschaften fertig?“, fragt der Schiedsrichter und pfeift das Spiel an.

Ebingen hat Anstoß. Wie immer schiebt Jasper den Ball zu Marc. Der startet sofort einen Alleingang. Elegant umkurvt er die ersten beiden Gegenspieler. Der dritte will Marc in die Beine grätschen. Im letzten Augenblick spielt Marc den Ball am Gegner vorbei und springt hoch. Der Hechinger rutscht unter Marc hindurch.

„Marc!“, ruft Benni, der sich rechts freigelaufen hat.

Marc sieht Benni, aber er spielt nicht ab. Er will auch den vierten Gegner umspielen. Dann kann er aufs Tor schießen. Gleich in der ersten Minute ein Tor, das wär was!

„Marc, spiel endlich ab!“, schreit Benni.

Marc denkt nicht dran. Er sieht nur noch

das Tor vor sich. Und schon ist der Ball weg.

„Mist!“, schimpft Marc, bleibt stehen und schaut dem Hechinger hinterher.

Benni läuft zurück, erkämpft sich den Ball, spielt zu Jasper und läuft sich sofort wieder frei.

„Jasper!“, ruft Marc.

Und Jasper schiebt ihm den Ball zu, obwohl Benni besser steht. Marc tut so, als würde er nach rechts zu Benni spielen, und lässt seinen Gegner mit einer kurzen Körperdrehung ins Leere laufen. Toll gemacht! Sofort bietet sich Benni zum Doppelpass an. Aber Marc versucht es wieder allein und schießt knapp neben das Tor. So geht es die ganze erste Halbzeit. Und in der Pause sind Marcs Mitspieler ziemlich sauer.

„Wir könnten mindestens schon 3:0 führen, wenn du öfter abspielen würdest“, schimpft Axel, der Libero.

„Immer soll ich alles machen“, wehrt sich Marc.

„Du sollst gerade nicht alles machen“, motzt Benni. „Wir sind ja auch noch da.“

„Fußball ist ein Mannschaftsspiel“, sagt der Trainer zu Marc. „Wann wirst du das endlich begreifen?“

Marc hört nicht mehr zu. Er denkt nur an eines: Ich muss in die württembergische Auswahl kommen. Und so spielt er auch in der zweiten Halbzeit. Ich! Ich! Ich!

Alle sehen, dass er prima mit dem Ball umgehen kann, sehr dribbelstark ist und einen tollen Schuss hat. Aber alle sehen auch, dass er sehr eigensinnig ist und oft nicht abspielt, wenn er abspielen müsste.

Dadurch bringt er seine Mannschaft heute immer wieder in Schwierigkeiten. Und obwohl die Ebinger deutlich überlegen sind, steht es zehn Minuten vor Schluss noch immer 0:0.

Da spielen sich Jasper und Benni mit einem doppelten Doppelpass durch die Hechinger Abwehr, und Benni zirkelt den Ball mit viel Gefühl ins rechte obere

Toreck. Seine Mannschaftskameraden erdrücken ihn fast vor Freude.

Nur Marc freut sich nicht. Er bindet seinen Schuh, obwohl der Schnürsenkel gut saß. Dabei tropfen Tränen auf den Boden. Denn Marc ist sicher, wenn nach diesem Spiel einer aus Ebingen in die württembergische Auswahl kommt, dann wird es Benni sein, nicht er.

Der neue Ball

Jonas kickt seinen neuen Lederball gegen das Garagentor und versucht, den zurückrollenden Ball zu stoppen. Das übt er jeden Tag, denn stoppen muss ein Fußballer können. Und ein Fußballer möchte Jonas werden.

Plötzlich hupt es hinter Jonas. Onkel Paul kommt.

„Hallo, Jonas!“, sagt er. „Ich sehe, du trainierst fleißig. So muss es sein.“

Jonas mag seinen Onkel. Der kann nämlich immer noch gut Fußball spielen, obwohl er schon 48 ist. Und er kann tolle Geschichten erzählen. Vor allem von früher.

„Wenn ich mich nicht täusche, hast du einen neuen Lederball“, beginnt Onkel Paul. „Stimmt's?“

Jonas nickt. „Hab ich zum Geburtstag bekommen.“

„Von einem neuen Lederball habe ich als Junge immer geträumt“, erzählt Onkel

Paul. „Aber nach dem Krieg hatten meine Eltern andere Sorgen, als mir einen Ball zu kaufen."

„Womit hast du dann Fußball gespielt?", möchte Jonas wissen.

„Mit einer Kugel aus Stofflumpen", antwortet Onkel Paul. „Die hat meine Mutter zusammengenäht."

„Stofflumpen?", wundert sich Jonas. „Damit kann man doch nicht Fußball spielen."

Onkel Paul wuselt Jonas durchs Haar. „Oh doch, man kann. Wenn man keinen richtigen Ball hat, ist eine gute Stofflumpenkugel so ziemlich das Beste, was es gibt. Und wir haben lange mit so einer Kugel gespielt. Bis ich zu meinem achten Geburtstag einen neuen Ball bekam, genau wie du."

„Auch einen Lederball?", fragt Jonas.

Onkel Paul lächelt. „Nein, Jonas, keinen Lederball. Aber einen Gummiball. Er war aus weißem Gummi, mit einem Muster drauf, dass er beinahe aussah wie ein richtiger Lederball. Ich bin vor Freude fast an die Decke gesprungen. Am liebsten hätte ich ihn gleich in die Schule mitgenommen, aber das erlaubte meine Mutter nicht. So konnte ich meinen Freunden nur von dem neuen Ball erzählen. Sie bekamen schon vom Zuhören ganz glänzende Augen. Und am Nachmittag trafen wir uns alle auf der Kickwiese hinter dem Dorf und spielten, bis wir den Ball kaum noch sehen konnten. Auch auf dem

Heimweg spielten wir uns den Ball zu und versuchten kleine Kunststücke. Ich warf den Ball hoch und stoppte ihn erst mit der Brust, dann mit der Fußspitze. Mein Freund Helmut wollte mir zeigen, dass er das besser konnte als ich. Er schoss den Ball hoch in die Luft, traf ihn jedoch nicht richtig. Der Ball flog einen hohen Bogen und landete genau auf einem Gartenzaun mit Stacheldraht obendrauf."

„Oh nein!", sagt Jonas.

„Das habe ich damals auch gedacht." Onkel Paul lächelt. „Ich bin zu meinem Ball gelaufen und habe sofort gesehen, dass er nicht mehr so prall und rund war. Es dauerte nicht lange, da war aus meinem schönen neuen Ball ein zerknautschtes Stück Gummi geworden. Das war einer der schlimmsten Augenblicke in meinem ganzen Leben."

„Haben dir deine Eltern einen neuen Ball gekauft?"

Onkel Paul schüttelt den Kopf. „Aber mein Vater hat es irgendwie geschafft, Luft in den Ball zu pumpen und das Loch mit einem Stück Gummi zuzukleben – so wie man einen Fahrradschlauch flicken kann, wenn man einen Platten hat. Mein Ball war natürlich nicht mehr ganz so prall und glatt wie ein neuer. Aber wir haben mit dem geflickten Ball noch viele tolle Spiele gespielt. Und bis heute habe ich meinen ersten richtigen Ball nicht vergessen."

Das war gemein!

Am Nachmittag treffen sich einige Jungen auf einer Wiese hinter dem Dorf zum Fußballspielen. Jakob und Marvin, die beiden besten Fußballer, wählen gerade die Mannschaften. Da kommt Jasmin angelaufen.

„Was willst du denn hier?“, fragt Marvin.

„Mitspielen“, antwortet Jasmin.

Die Jungen lachen.

„Das soll wohl ein Witz sein!“, ruft Dennis.

„Wir spielen hier nicht Mami und Papi wie im Kindergarten“, meint Kai.

Da lachen die andern noch mehr.

„Wir spielen Fußball“, bestätigt Marvin. „Das ist nichts für Mädchen.“

„Wieso?“, fragt Jasmin. „Ich habe genauso zwei Beine wie ihr.“

Kai tippt sich an die Stirn. „Fußball spielt man nicht nur mit den Beinen, sondern auch mit dem Kopf.“

„Genau“, stimmt Jasmin ihm zu. „Und in meinem ist bestimmt so viel drin wie in deinem.“

Jetzt lachen ein paar Jungen über Kai.
„He, kommt mal her!" Jakob und seine Freunde stecken die Köpfe zusammen. „Wir sind doch nur neun, und ein Torwart fehlt uns auch. Wenn wir die ins Tor stellen, können wir fünf gegen fünf spielen."

Es gibt ein langes Getuschel.

„Okay, du kannst mitspielen", verkündet Jakob das Ergebnis der Beratung. „Aber nur als Torwart."

„Und wo ist mein Tor?", fragt Jasmin.

Kai nimmt zwei Jacken und legt sie im

Abstand von ungefähr vier Metern auf die Wiese.

„Hier", feixt er und grinst. „Oder ist dir das vielleicht zu groß?"

Jasmin steht im Tor von Jakobs Mannschaft, und es dauert nicht lange, bis der erste Schuss an ihr vorbeizischt.

„Tor!", jubeln die andern.

„Der war unhaltbar", meint Jasmin, holt den Ball und wirft ihn Jakob zu. Der startet einen Gegenangriff, kommt allerdings nicht weit. Marvin nimmt ihm den Ball ab und spielt zu Kai. Der schießt sofort, trifft jedoch nicht richtig. Jasmin hechtet nach dem Ball, erreicht ihn aber nicht und er rollt ganz langsam ins Tor.

„Tooor!“ Kai reißt die Arme hoch. Dann ruft er Jasmin zu: „Das Tor ist wohl doch ein bisschen zu groß für dich!“

Jakob und seine Mitspieler sind wütend.

„Ich hab ja gleich gesagt, ein Mädchen im Tor ist ein Witz“, meckert Dennis. „Mit der verlieren wir haushoch.“

„Dann geh du doch ins Tor“, brummt Jakob.

Das will Dennis nicht. Aber nach dem 0:3 ruft Jakob: „Torwartwechsel! Los, Dennis, stell dich in die Kiste!“

„Und ich?“, fragt Jasmin.

„Du gehst am besten zur Seite, damit du uns nicht im Weg stehst“, antwortet Jakob.

Jasmin steht ihren Mitspielern nicht im Weg, ihren Gegnern dafür umso öfter. Einmal jagt sie Marvin den Ball ab, umdribbelt Kai, lockt Sven aus dem Tor und spielt im richtigen Augenblick zu

Jakob, der den Ball nur noch ins leere Tor schieben muss.

„Spitze!“, lobt er Jasmin.

Marvin, Kai und Sven stehen ziemlich verdattert auf dem Platz. So ausgetrickst zu werden ist bitter. Und dann auch noch von einem Mädchen.

„Los, weiter!“, ruft Jakob. „Wir fangen jetzt erst richtig an!“

Jakob, Daniel, Marc und Jasmin spielen sehr gut zusammen. Und es dauert nicht lange, bis sie den Ausgleich erzielen. Auf der anderen Seite ärgert sich Kai furchtbar. Er tritt nach allem, was sich bewegt. Ganz besonders hat er es auf Jasmin abgesehen.

Als sie ihn wieder einmal ausgetrickst hat, tritt er ihr von hinten in die Beine. Jasmin stürzt und schreit auf.

„Das war gemein!“, schreit Jakob und stößt Kai zur Seite.

„Helft mir bitte mal.“ Jasmin möchte aufstehen.

Jakob und Marc stützen sie. „Geht's?“

Jasmin verzieht das Gesicht. „Ich setze mich da drüben hin, dann könnt ihr weiterspielen.“

„Nee, wir warten auf dich“, sagt Jakob.

Jasmin schüttelt den Kopf. „Ich glaube nicht, dass ich heute noch mitspielen kann. Aber ich schaue euch zu.“ Sie versucht zu lächeln.

Nach einigem Hin und Her spielen die Jungen weiter. Aber alle wirken gehemmt und lustlos. Marvins Mannschaft schießt noch zwei Tore und gewinnt das Spiel.

„Ihr braucht euch gar nicht zu freuen“, brummt Jakob. „Mit Jasmin hätten wir gewonnen.“

Schön gemacht

Die Jungen aus dem Domviertel möchten gerne Fußball spielen. Aber nirgendwo im Viertel ist ein Platz dafür. So kicken sie eben in Hofeinfahrten und auf Parkplätzen zwischen parkenden Autos, obwohl das immer wieder Ärger gibt.

Eines Tages fahren Peter und Frederic mit ihren Rädern durch die Gegend, bis sie vor einem hohen Bretterzaun anhalten müssen.

„Was wohl dahinter ist?“, fragt Peter neugierig.

Frederic steigt ab und lugt durch ein Astloch. „Sieht aus wie eine alte Fabrik.“

Peter entdeckt ein loses Brett, und die beiden schlüpfen hindurch. Vor ihnen liegt tatsächlich eine stillgelegte Fabrikanlage. Zwischen den einzelnen Gebäuden ist ein großer Platz.

„Das wird unser Fußballplatz“, beschließt Frederic sofort.

Peter tippt sich an die Stirn. „Da liegt

doch alles voller Gerümpel. Wie willst du da denn Fußball spielen?"

„Das Gerümpel räumen wir weg, dann haben wir einen tollen Platz. Los, wir holen die andern!"

Gesagt, getan. Eine halbe Stunde später stehen zwölf Jungen aus dem Domviertel auf dem Platz.

„Das muss alles weg", erklärt Frederic und zeigt auf das viele Gerümpel.

„Das schaffen wir nie", meint Andi.

„Klar schaffen wir das!" Timo spuckt in

die Hände, schnappt ein Stück Blech und schleppt es weg.

Frederic, Hakan, Ahmed und Ruben machen es genauso.

Und nach und nach packen alle an. Sie heben, ziehen, schieben, rollen Steine, Bretter, Eisenstangen, Reifen und all das Gerümpel hinter einen Schuppen.

Die Jungen schuften wie noch nie in ihrem Leben. Sie strahlen einander aus verschwitzten und verschmierten

Gesichtern an, wenn sie wieder ein schweres Stück weggeschafft haben.

Nach drei Stunden lässt sich Peter auf eine Kiste fallen. „Ich kann nicht mehr.“

„Ich schlage vor, den Rest machen wir morgen.“ Frederic schaut in die Runde. Alle sind einverstanden.

Am nächsten Tag können es die Jungen kaum erwarten, bis sie wieder auf ihrem Platz stehen. Ahmed hat sogar schon seinen Ball dabei. Aber zuerst müssen sie noch einmal arbeiten. Es dauert jedoch nicht mehr lange, dann sieht der Platz aus wie abgeleckt.

„Das habt ihr wirklich schön gemacht!“, ruft plötzlich jemand.

Die Jungen schauen zum Bretterzaun. Dort steht Martin mit seinen Freunden. Sie reißen noch ein paar Bretter aus dem Zaun und schieben ihre Mofas durch.

„Vielen Dank für die tolle Rennbahn“, feixt Martin.

Frederic ist wütend. „Das ist keine Rennbahn, das ist unser Fußballplatz!“

„Was du nicht sagst, Kleiner.“ Martin lacht und gibt seinen Freunden ein Zeichen. „Wir wollen doch mal sehen, ob das keine Rennbahn ist.“

Die sechs großen Jungen starten ihre Mofas, geben kräftig Gas und jagen über den Platz.

„Seht ihr, was das für eine tolle Rennbahn ist!“, brüllt Martin und rast gefährlich nah an ihnen vorbei.

Frederic zeigt die Zähne. „Den Schweinehund würde ich am liebsten auf den Mond schießen!“

„Ich hab eine bessere Idee“, meint Hakan. Er holt ein Päckchen mit kurzen Nägeln

und Reißzwecken aus der Tasche. „Das habe ich gestern gefunden."

„Spitze!", ruft Frederic.

So unauffällig wie möglich werfen sie sämtliche Nägel und Reißzwecken auf den Platz. Und bald hat das erste Mofa einen Platten. Wenig später auch das zweite.

„Verdammter Mist!", schimpft einer. „Ich hab ja gleich gesagt, dass hier Tod und

Teufel herumliegen. Aber auf mich hört ja keiner."

„Ja, ja, du hast natürlich wieder alles vorher gewusst, du Klugscheißer!" Martin schiebt sein Mofa zum Bretterzaun, damit es nicht auch noch einen Platten kriegt.

Als die Großen weg sind, jubeln und tanzen die Jungen vor Freude. Hakan kehrt mit einem Besen die Nägel und Reißzwecken zusammen. Peter und Andi malen mit Kreide noch schnell zwei Tore an die Wände. Dann kann das erste Spiel auf dem neuen Platz losgehen.

Manfred Mai, 1949 in Winterlingen geboren, wuchs auf einem Bauernhof auf. Als Kind machte er sich nichts aus Büchern und hatte mit Schule auch nicht allzu viel im Sinn. Nach dem Schulabschluss begann er eine Malerlehre und arbeitete in einer Fabrik. Aber so recht glücklich war er dabei nicht. Er wurde immer unzufriedener und ging auf die Suche nach Neuem. In dieser Zeit entdeckte er, dass Bücher etwas Tolles sind. Er las und lernte viel, wurde Lehrer und schließlich Schriftsteller.

Erhard Dietl wurde 1953 in Regensburg geboren. Seine Ausbildung erhielt er an der Akademie für das Grafische Gewerbe und an der Akademie der Bildenden Künste in München. Schon während des Studiums machte er erste Zeichnungen für Zeitschriften. Seit 1981 illustriert und schreibt er Kinderbücher für verschiedene Verlage.

FC Winterhausen vor – noch ein Tor ...

Nicht zu fassen!
Da wollen doch einfach drei Mädchen in der Fußballmannschaft des FC Winterhausen mitspielen. Und nicht nur das: Sie sind sogar noch richtig gut. Klar, dass da einige Kicker ordentlich zu schlucken haben und Reibereien unvermeidlich sind. Ob sich die Mädchen und Jungen wohl zusammenraufen? Immerhin geht es ja um den Meistertitel!

Wer holt den Pokal?

Die Kicker des FC Winterhausen haben das große Los gezogen: Sie dürfen beim Spiel Bayern München gegen Borussia Dortmund dabei sein! Danach macht das Training für den Bezirkspokal wieder richtig Spaß. Alle Zeichen stehen auf Sieg – doch dann verletzt sich ausgerechnet Andi. Kann er trotzdem weiter mitspielen? Und wird Vanessa den entscheidenden Elfmeter schießen?

Loewe